ROMEON
VERLAG

Besser lyrisch als chronisch
1. Auflage, erschienen 12-2017

Umschlaggestaltung: Romeon Verlag
Text: SK Bredtmann
Layout: Romeon Verlag

ISBN: 978-3-96229-026-9

www.romeon-verlag.de

Bibliografische Information der Deutschen Nationalbibliothek:
Die Deutsche Nationalbibliothek verzeichnet diese Publikation in der Deutschen Nationalbibliografie; detaillierte bibliografische Daten sind im Internet über http://dnb.dnb.de abrufbar.

SK Bredtmann

Besser lyrisch
als
chronisch

DANKE

Mein ganz besonderer Dank gehört meiner Hausärztin und ihrem tollen Team, dem Münchener Arzt, der mir sehr mit seiner Diagnose und seiner Empfehlung geholfen hat, und natürlich ganz besonders, dem Spezialisten aus GP, der die Fehler gefunden und mich dann operiert hat.
Seinem Team, den Therapeuten, die alles versucht haben mir wieder ein flüssiges Gangbild zu verleihen, besonders Angelika und Kerstin, auch meinen herzlichen Dank.
Zum Schluss natürlich, bedanke ich mich bei Jurij, (Iouri Didenko), Schnellzeichner) für seine herrlich, treffenden Illustrationen, und nicht zu vergessen, ‚Luisa für Deine Hilfe'.

Danke

Die leere Seite ist kein Versehen, sondern von mir so gewollt. Ich könnte mir vorstellen, dass sich beim Lesen doch so einiges öffnet. Genau für diese Gedanken dient dieses schöne, weiße Blatt Papier.

Abschied

Draußen sind es 40°C und ich sitze am Sterbebett meines Vaters. Neben mir sitzt seine Lebensgefährtin und schwitzt. Diese Hitze, dieses Spiel des Todes, es ist fürchterlich.
Mein Vater liegt mit einer dünnen Decke in seinem Sterbebett und hofft, glaube ich, dass er bald diesem Körper, der ihn nur noch leiden lässt, verlassen darf. Eigentlich ist er schon ganz weit weg, ab und zu möchte er sich aufrichten, schaut sich verwirrt um und sagt, „So."
Als wolle er sagen: „So, ich wäre dann soweit."
Dann sieht er irritiert, dass wir immer noch an seinem

Bett sitzen und sinkt wieder zurück in seine andere Zeit. Wenn man zusehen muss, wie ein Mensch versucht diesen Körper, der einen nicht mehr tragen will oder kann und nur noch leiden lässt, zu verlassen und es einem aber doch so schwer macht, ist das schon sehr erschreckend und traurig. Ich war hilflos. Was war aus diesem Körper und aus diesem Geist geworden? Für seine Lebensgefährtin, die schon ihren ersten Mann beim Sterben begleitet hatte, war es auch eine fürchterliche Qual. Nicht nur, dass sie einem lieb gewonnenen Menschen beim Sterben zusehen musste, nein, man sieht auch seine nahe Zukunft. Man schaut zu, wie es einem vielleicht in kürzester Zeit auch ergehen kann. Sie waren altersmäßig fünf Jahre auseinander. Vor fünf Jahren war mein Vater noch immer der eigenwillige, herrische Mensch, und nun ein hilfloses, leidendes Wesen, das auf Gedeih und Verderb von anderen Menschen und deren Launen abhängig war. Schrecklich.

Er war ein sehr anstrengender Charakter gewesen, aber keiner sollte so hilflos, so leidend, ja so ausgeliefert seinen Körper, der einen so lange begleitet hat, verlassen müssen.

Ich saß hilflos auf meinem Stuhl. Leise unterhielt ich mich mit seiner Lebensgefährtin und schlug ihr vor, erstmal einen Kaffee trinken zu gehen. Das Krankenhaus hatte ein sehr schönes Café mit Terrasse, wo deren Sitzgelegenheiten nun im Schatten lagen. Für einen kurzen Moment konnte sie dem Tod den Rücken kehren. Traurig und unendlich müde nahm sie

meinen Vorschlag dankend an. Nun war ich allein mit meinem sterbenden Vater. Nein, das stimmt nicht ganz. In dem Zimmer lagen noch zwei Männer, denen diese Situation äußerst unangenehm war.
Natürlich. Denn wer möchte mit dem Tod so nah konfrontiert werden. Man sieht seine eigene Vergänglichkeit und das ist nicht gerade schön und macht viele sehr unsicher. Ich lehnte mich zurück und legte meine Füße etwas hoch. Ich glaube, es war der heißeste und schwülste Tag in diesem Jahr. Kein Luftzug ging und die kleinste Bewegung war schweißtreibend. Was war er doch klein und abgemagert und das in so kurzer Zeit. Erschreckend.
Nun schweiften meine Gedanken zu dem korpulenten, vor Kraft strotzendem Körper zurück. Sein ganzes Leben war er es gewohnt zu befehlen, zu dirigieren und zu entscheiden.
Nie gab es für ihn das Wort, „geht nicht“ oder „gibt es nicht“. Was er wollte, wurde umgesetzt, ob es einem gefiel oder nicht. Er konnte sehr freundlich und galant, aber auch herrisch und verletzend sein. Eigentlich wollte er immer nur das Beste für einen. Das Problem bestand nur darin, dass er bestimmen wollte, was das Beste war. Womit ich mich natürlich gar nicht einverstanden erklären konnte, wie Sie sich sicher vorstellen können. Wenn ich irgendetwas nicht wusste oder etwas nicht konnte, wurde es mir erklärt und ungefragt geholfen. Unsere Charaktere fanden immer wieder einen hochexplosiven Reibungspunkt. Wahrscheinlich, weil er nie eine andere Meinung gel-

ten ließ und wir auch beide recht dickköpfig waren. Ich war seiner Meinung nach viel zu freiheitsliebend. Eben wie er. Aber „ich“ oder „du“, ist ein großer Unterschied, wenn es um Toleranz geht.

Nun lag er hier und seine ach so eigenwillige Art hatte ihn sehr einsam gemacht. Seine Freunde waren nicht hier, viele auch schon lange vor ihm gestorben und trotzdem. Die, die noch lebten, waren nicht hier, halfen ihm nicht mit Würde und dem Gefühl des Bedauerns, dass er nun von ihnen gehen musste, diese Welt zu verlassen. Er war recht allein.

Unser Haus war immer voller Menschen gewesen. Es wurde gefeiert, diskutiert, gestritten, gelacht, ja es wurde eben gelebt. Und nun war er so verlassen und einsam.

Wann fing der Verlust der Selbständigkeit an? Ich kann mich noch daran erinnern, dass ich seine Küchenrolle und seine Zahnpasta suchte. Ich war mir so sicher, dass ich welche gekauft hatte. Nichts. So langsam musste ich mir anscheinend auch schon Gedanken um meinen Gesundheitszustand machen. Ich fuhr los, kaufte ein und legte die Einkäufe in die Küche. Er wollte seine Sachen immer selbst einräumen. Abends rief er mich an und fragte, wo seine Zahnpasta sei. Nun wurde ich aber doch langsam stutzig, denn ich konnte mich sehr genau an den Einkauf erinnern. Ich ging zu ihm hoch, um der Sache auf den Grund zu gehen. Empört schaute er mich an.

„Nein, ich habe dir eben Zahnpasta mitgebracht und auch deine Küchenrollen.“

„Nein, dann wären sie hier.“

„Also wirklich. Hast du überhaupt schon zu Abend gegessen oder die ganze Zeit nur gesucht?", fragte ich und ging zum Kühlschrank. Erstaunt schaute ich auf den Inhalt. Küchenrollen, Zahnpasta, Putzmittel... Verdattert suchte ich dann die Lebensmittel. In jeder Schublade fand ich etwas. Käse, Wurst, Butter und Brot, waren bei den Töpfen gelandet.
Ja, das waren Zeichen, die nicht mehr zu ignorieren waren. Mir kam ein Spruch wieder in Erinnerung.

When was the last time,
you did something for the first time.

Ich drehte den Satz um.

When was the first time,
you did something for the last time?

Meine Gedanken schweiften zu dem Vater meiner Freundin. Auch wenn es eigentlich nicht zum Lachen war, fiel es mir immer wieder schwer, nicht sofort loszuprusten, wenn ich an die Situation dachte.
Geburtstag seiner Frau. Onkel Erwin kommt ins Zimmer und sagt erfreut:
„Oh, es gibt Kuchen", setzt sich und futtert vier Stücke Kuchen. Ich dachte noch, ihm schmeckt es.
Er steht auf, geht raus und legt sich zum Nickerchen hin.
Halbe Stunde später, Tür geht auf, Onkel Erwin kommt herein und sagt erfreut:
„Oh, es gibt Kuchen!", setzt sich und isst wieder drei Stückchen Kuchen. Gleiches Spiel. Steht auf, geht raus und legt sich hin. Ich schaute ganz verdutzt und konn-

Gedanken

te mir ein Grinsen nicht verkneifen. Also wenn er gleich noch einmal kommt, sollten wir aber den Tisch abräumen, sonst wird ihm übel.
Keine Viertelstunde später, Tür geht auf, Onkel Erwin kommt rein.
„Oh, es gibt Kuchen! Warum?"
Ich war schon nicht mehr zu halten.
„Na, deine Frau hat doch heute Geburtstag."
„Ach?
Also so richtig Hunger habe ich heute aber nicht."
Da fiel ich vollends um. Ich konnte mich nicht mehr halten. Meine Freundin und ich wieherten um die Wette. Natürlich bekamen wir von einigen nicht gerade freundliche Blicke zugeworfen, aber das machte die ganze Sache noch schlimmer. Onkel Erwin ließ sich sein Stückchen Kuchen schmecken, schaute uns an, lachte kurz mit, stand auf und ging raus.
Ich weiß, es ist sehr traurig, aber manche Sachen sind dann doch so lustig, dass wir einfach lachen sollten. Jedenfalls brachten wir den Kuchen ganz schnell in Sicherheit.
Wenn es dann aber soweit ist, wie jetzt bei meinem Vater, ist es schon sehr erschreckend so einen Verlauf mit ansehen zu müssen. Ich konnte ihm nicht helfen, nur hier sitzen und dem Spiel des Todes zusehen, was immer intensiver und erbarmungsloser wurde. Meine Mutter war viele Jahre vor ihm gestorben. Sie starb von einer Minute zur anderen. Gerade noch gemütlich zusammen gesessen und kurz darauf lag sie tot in ihrem Bett. Ihr Tod warf mich total aus der Bahn.

So plötzlich, so tragisch und noch so unerfahren was Tod und Trauer betraf. Nach ihr musste ich noch vielen lieb gewonnenen Menschen adieu sagen, sodass mir schon fast die Zeit der Trauer für jeden einzelnen fehlte. Man wird ruhiger und dieses blanke Entsetzen schwächt ab.
Ich musste an die Beerdigung meiner Mutter denken. Eine Katastrophe. Nicht nur, dass der Pastor ihren Namen vergessen hatte, nein, er kam zu Beginn der Trauerfeier auch noch fast zu spät und nicht wie gewohnt aus der Sakristei, nein er kam durch den Haupteingang gestolpert. Keuchend stand er am Altar und sagte:
„Fast wäre ich nicht erschienen, mir geht es gar nicht gut."
Ich starrte ihn an und werde nie meine Gedanken vergessen.
Wie bitte, ihm geht es nicht gut? Er lebt doch noch. Im Gegensatz zu meiner Mutter. Und überhaupt, was faselt er da? Sollen wir sie dann einfrieren oder was?
Am liebsten hätte ich ihm diese Worte ins Gesicht geschrien. Im Nachhinein bin ich froh, dass ich es nur dachte und nicht lauthals heraus plärrte. Aber es ging ja noch weiter. Bei dem Abschlusslied wollte dieser Wichtignehmer schon rauslaufen und gar nicht erst auf das Ende des Liedes warten. So langsam erreichte meine Empörung einen ganz gefährlichen Punkt. Ich schwor mir, wenn er nicht spätestens am Grab ihren Namen nannte, würde ich ihn in genau dieses schubsen. Bei diesem Gedanken ging es mir gleich ein biss-

chen besser. Das Kopfkino hatte eingesetzt. Als hätte er etwas geahnt, fiel ihm doch sehr schnell der Name meiner Mutter ein. Er leierte seine Zeremonie herunter, gab meinem Vater die Hand und verließ fluchtartig den Friedhof.
Immerhin hatte er ja eine Erkältung und das rechtfertigte doch alles, oder? Gut, dass er weg war.

Viele Gedanken schwirrten mir durch den Kopf und ab und zu konnte ich ein Schmunzeln nicht unterdrücken. So musste ich gerade an unser letztes gemeinsames Weihnachtsfest denken. Meine Schwester und mein Schwager waren angereist und es war so gemütlich und harmonisch wie lange nicht mehr. Ich hatte noch zwei Wippsessel dazu gestellt. Mein Vater und seine Lebensgefährtin nahmen genau auf diesen Platz. Die Sessel waren sehr bequem, sie hatten nur einen Nachteil. Wenn sich das Gewicht zu sehr auf eine Seite verlagerte, kippten sie sehr schnell um.
Ich stellte die Canapés auf den Tisch und die Freundin meines Vaters griff sich den Teller, stützte sich aber einseitig auf genau diesen Sessel und .....fiel.....um.
Mein Vater schnappte sich den Teller und schaute zu wie seine Lebensgefährtin im Zeitlupentempo dem Boden immer näher kam. Die anderen beiden Männer liefen zu ihr und halfen ihr wieder hoch. Ein bisschen zerzaust und schimpfend kam sie wieder auf die Beine.
„Das sind die Richtigen, wetterte sie, die Kniften in Sicherheit bringen und die Frau umfallen lassen.“

Ich schaute zu meinem Vater. Der saß immer noch mit dem Teller in der Hand, grinste sich einen und war sich keiner Schuld bewusst. Ihr war ja nichts passiert, die Canapés wären nicht mehr genießbar gewesen. Also mussten ganz schnell Prioritäten gesetzt werden. Ich tat es meinem Vater gleich, nur genügte mir kein dezentes Grinsen, ich entschied mich für schallendes Gelächter.
Ja, so sah ich ihn vor mir, bis mich die Realität wieder hatte. Dort angekommen war ich unendlich müde und leer.
Die Stufen der Verzweiflung, der Wut, der absoluten Hilflosigkeit, das Entsetzen und so viele andere Stationen hatte ich alle schon bei dem Tod meiner Mutter mitgemacht. Das schlimmste Gefühl ist aber, das der Machtlosigkeit. Egal ob man weint, schreit, fleht, wütend, aggressiv oder traurig ist, egal, der Tod ist unwiderruflich. Hier an seinem Sterbebett war es mehr eine absolute Leere.
Mein Vater stöhnte und schwitzte und rief immer und immer wieder meinen Namen. Seine Lebensgefährtin betrat gerade wieder das Zimmer und sah mich müde an. Ohne Worte saßen wir wieder Stunde um Stunde an diesem Bett, was bestimmt schon viel Leid tragen musste.
Gegen Abend kam die Ärztin zu mir und bat uns nun zu gehen. Es war der zweite Tag, an dem wir hier saßen, warteten und schwitzten. Ich hatte immer gesagt, dass ich nie dabei sein wollte, wenn er stirbt, aber wenn es dann soweit ist, ist es undenkbar diesen Menschen al-

Gedanken

lein zu lassen. Deswegen war ich auch sehr erleichtert, als die Ärztin mir diese Entscheidung mit ihrer Bitte abnahm. Wir verabschiedeten uns von meinem Vater mit dem Versprechen morgen früh wieder zu ihm zu kommen. Er war nicht mehr ansprechbar. Gestern hatte er uns noch mit den Worten verabschiedet:
„Ja, es ist alles gut. Ich habe keine Angst."
Verzweifelt fuhren wir. Es war Donnerstagabend 19.00 Uhr.
Freitagmorgen 4.50 Uhr. Telefon. „Ich wollte Ihnen mitteilen, dass Ihr Vater vor einer halben Stunde gestorben ist." Leere. Er hatte es endlich geschafft diesen Körper und diesen Geist, der ihm nicht mehr folgen konnte, zu verlassen. Trauer, Leere, Erleichterung.
Erleichterung, dass er nicht mehr leiden musste und auch, dass wir dem Tod bei seinem erbarmungslosen Spiel nicht mehr zuschauen mussten. Ja, der Tod hatte gespielt. Er holte ihn und schickte ihn wieder zurück. Holte, schickte.
Mit meiner Mutter hat er nicht gespielt. Er kam, bat sie ihn zu begleiten und sie gingen fort. Mit meinem Vater hat er lange gespielt. Immer und immer wieder. War es zum Schluss Erbarmen oder hatte er die Lust an seinem Spiel verloren? Ich weiß es nicht.
Was uns blieb war Abschied, aber mit der Gewissheit: Mein Vater hatte gelebt.
Und irgendwann sehen wir nicht mehr dieses schreckliche Krankenbett vor uns, sondern ihn mit einem verschmitzten Lächeln und in der Hand einen Teller voller Canapés.

Und bei meiner Mutter nicht mehr dieses schreckliche Grab mit ihrem Sarg, sondern einen unverschämten Pastor, der genau auf diesem liegt und versucht strampelnd da wieder hoch zu kommen.
Jedes Mal, wenn wir zusammen Kuchen essen, sehen wir Onkel Erwin, wie er sich genau über diesen so oft gefreut hat.

Und genau das macht die Erinnerung so gnädig.

Chronisch

„Sie müssen versuchen mit diesem Schmerz zu leben. Er wird nun ein Teil von Ihnen sein und Sie immer begleiten. Wir haben aber in unserer Schmerztherapie verschiedene Modelle, die Ihnen helfen werden."
Hatte ich richtig gehört? Ich sollte mich also mit einem Dauerschmerz abfinden, Ruhe geben, Tabletten nehmen und resignieren?
„Wie sehen denn ihre Modelle aus?"
„Also es gibt da verschiedene, aber im Prinzip sind sie vom Ablauf her gleich."
„OK, dann erklären Sie sich bitte."
„Also wir bauen auf Antidepressiva, Antikonvulsiva (Pregabalin) und vielleicht wären schwach wirksame Opiode noch ganz nett."
„Ach?"
„Ja, das eine hellt Ihre Stimmung auf, das andere stoppt den Schmerz und das nächste geht an das Schmerzgedächtnis."
„Und das wäre dann alles? Was ist mit den Nebenwirkungen?"

„Die Nebenwirkungen bekommen wir in den Griff."
„Die dann wären?"
„Es können Verstopfung, Magenbeschwerden, ein bisschen Benommenheit und vielleicht noch das ein oder andere auftreten.
Aber für die Verstopfung geben wir Ihnen natürlich etwas und damit Sie auch alles vertragen können, bekommen Sie natürlich von uns eine Magentablette dazu. Für die Benommenheit gibt es dann einen Stimmungsaufheller. Natürlich testen wir, was bei Ihnen am besten wirkt und was am verträglichsten ist."
Beruhigend.
So langsam kam ich mir wie in einem Modegeschäft vor. Ein Kleid, Strümpfe, Mantel, Schuhe, Hut vielleicht? Ach ja, und wenn es kalt oder zu warm wird, nehmen wir noch eine Hose, Pullover, Bluse, Stiefel und Flip Flops mit. Ich hatte die freie Wahl.
„Also nur, dass ich Sie richtig verstehe. Ich bekomme eine Magentablette, um die anderen Tabletten zu vertragen. Dann einen Stimmungsaufheller, weil mir von Antikonvulsiva oder den Opiaten duselig wird. Obendrauf noch ein Schmerzmittel, um den akuten Schmerz zu unterdrücken. Da ich aber von all diesen Tabletten Verstopfung bekomme, weil dadurch mein ganzer Stoffwechsel, meine Beweglichkeit und Aufnahmefähigkeit heruntergefahren werden, ein Abführmittel. In der Kurzform:
Ich werde ein langsam denkender Mensch mit einer ziemlich beschränkten Aufnahmefähigkeit und Reaktion, bin verstopft und nehme ca. drei bis zehn Kilo zu.

Aber das ist mir dann egal, weil ich ja sowieso nur noch die Hälfte mitbekomme. Ist dieser Vorschlag nun Ihr Ernst oder war das ein schlechter Witz?"
„Also ich bitte Sie, so dürfen Sie das doch nicht sehen. Das sind mögliche Nebenwirkungen und Sie haben dann immerhin keine Schmerzen mehr."
„Aber auch nur noch die Hälfte meiner Persönlichkeit, wenn überhaupt. Dann hätte ich also Läuse und Flöhe, wie ihr Ärzte immer so schön sagt."
„Wie meinen Sie das?"
„Nicht nur die körperlichen Schmerzen, dann auch noch eine geistige Beschränktheit.
Wissen Sie, mein Verstand funktioniert noch sehr gut, meine Hosen passen alle noch perfekt und dabei soll es auch bleiben. Sie bieten mir Lädiertheit auf der ganzen Linie, natürlich gebe ich Ihnen Recht in der Annahme, dass ich dann leichter zu händeln bin und Sie Ihre Ruhe haben. Sie empfehlen mir diesen ganzen Mix, ohne zu wissen, was der Grund meiner Schmerzen ist, ohne sich die Mühe zu geben dieses herauszufinden. Wenn Sie sich nicht sicher sind oder nicht weiter wissen, dann sagen Sie es, aber bieten Sie mir nicht auf gut Glück etwas an. Wenn Ihnen das aber zu aufwendig und nicht lukrativ genug ist, sollten Sie es mir sagen. Es sei denn, Sie kennen die Ursache und Sie wüssten, es gäbe keinen anderen Weg, dann könnten wir darüber reden."
Empörung, ein bisschen verschämt, verärgert, Distanz. Ich hatte verstanden. Bei mir war nichts zu holen außer Aufwand. Ich verabschiedete mich.
Ja, so wird mit chronischen Schmerzpatienten umge-

gangen. Standardprozedere. Wir sollen uns abfinden, Ruhe geben, Tabletten schlucken wie ferngesteuert, unsere Rezepte abholen und Ende.
Alle vier Jahre zur Reha, wo dann die Diagnose bestätigt wird, um uns dann mit gutem Gewissen wieder zu entlassen. Lächerlich und unfassbar.
Bei meiner letzten Reha saß ich mit Menschen in der Runde, die schon fünf, zehn, fünfzehn Jahre chronische Schmerzpatienten waren. Auf meine Frage, warum, wurde ich groß angesehen.
„Wie, warum?"
„Ja, warum seid ihr chronische Schmerzpatienten?"
„Weil wir es sind."
„Das verstehe ich nicht. Wie lange nehmt ihr denn nun schon eure Tabletten?"
„Was ist denn das für eine Frage, seit Jahren natürlich."
„Und ihr seid sicher, dass eure Anfangsschmerzen noch existieren? Was ist mir den Nebenwirkungen, merkt ihr überhaupt noch eine Änderung, wisst ihr wie es euch ohne diese ganzen Medikamente gehen würde? Habt ihr eigentlich irgendwann die Anordnung eures Arztes hinterfragt?"
Schweigende Empörung, Ratlosigkeit, ganz viel Gereiztheit und Fassungslosigkeit.
„Also wir denken doch, dass unsere Ärzte wissen, was sie tun."
„Wirklich? Seid ihr euch da so sicher? Ich persönlich habe den Ärzten auch vertraut, aber meine Naivität hatte Grenzen. Heute hinterfrage ich ihre Anordnungen. Es sei denn, es wäre mir sofort plausibel und ich wäre der Meinung, dass es hilft.

Aber so wie ich die meisten Ärzte bis jetzt erleben durfte, wurde mir ein Mix aus Tabletten angeboten, ohne nachzufragen was ich sonst noch so alles einnehme oder ob ich Allergien habe. Nichts nachgefragt, nur angeordnet. So einen Unsinn anhören wie: „Sie werden schon sehen, damit geht es Ihnen bald besser." Gemeint war: „Nimm die Tabletten und gib Ruhe." Ich finde es hochgradig verantwortungslos und unverschämt sich so zu verhalten."
„Ja, aber wenn Du keinem Arzt mehr vertraust, was macht du denn dann?"
„Du musst sehen was die Ärzte sind, Unternehmer. Ihr hinterfragt doch auch ein Angebot von eurem Malermeister oder Kfz Meister. Ihr holt euch doch auch mehrere Angebote ein. Da achtet ihr ganz besonders, wenn es um ein neues Auto geht. Da werden sich Angebote eingeholt, es wird verhandelt und diskutiert. Sobald aber ein Arzt das Spielfeld betritt, wird sich hingesetzt, zugehört und akzeptiert. Da kämpft keiner mehr für seinen Körper. Ihr fühlt euch geschmeichelt, wenn er sich ein wenig mehr Zeit nimmt, kameradschaftlich lächelt und uns zunickt. Und wir Dummen sind hin und weg, schütten uns mit Chemie zu, ohne es zu hinterfragen und ohne Bedenken, nur weil er Arzt ist."
Die Psychologin, die unser Gespräch in dieser Runde führen sollte, wurde zusehends unruhiger.
„Also ich finde, dass Sie das aber nicht so sehen und verurteilen sollten."
„Ach nein? Sie sitzen hier, leiten alle drei Wochen eine neue Gruppe, kennen keinen von uns und nehmen

sich die Freiheit heraus uns zu beurteilen. Nun frage ich Sie, wie können sie das verantworten?"
„Ja, aber nach dieser Zeit kann ich mir doch ein Bild von Ihnen erlauben, weil ich Sie doch kennengelernt habe."
„Nein, haben Sie nicht. Erzähle ich Ihnen die Wahrheit oder schauspielere ich? Ist ihre Menschenkenntnis so gut, um eine Beurteilung vor der Rentenkasse oder ihrem Gewissen abzugeben? Und was passiert, wenn sie bei jedem Kurs nur ein Drittel für arbeitsunfähig einstufen? Bekommen Sie dann noch Patienten oder suchen sich die Kranken- und Rentenkassen ein anderes Haus, wo mehr in ihrem Sinne beurteilt wird? Was meinen Sie?"
Sie meinte, dass nun leider unsere Stunde um sei und sie sich auf die nächste freue. Warum fiel es mir so schwer, ihr das zu glauben?
Ich hatte den Rest der Gruppe bestürzt und strapaziert. Die meisten waren jedoch genervt. Ich hatte ihre Ruhe gestört, ihre Trägheit, Ignoranz und ihre Apathie herausgefordert. Das war nicht erwünscht, sie wollten nicht denken, denn nach dem Denken käme das Handeln und das war viel zu anstrengend. Lieber im leichten Dämmerzustand mit einigen Kilos mehr auf der Waage leben als etwas zu hinterfragen. Mir fiel das Lied von Herbert Grönemeyer ein, „Die Menschen sind wie eine träge Herde Kühe, schauen kurz auf und grasen dann gemütlich weiter."
Ja, so sind wir. Es wurde weiter geschluckt, was der Magen und die Leber hielten und stoisch seines We-

ges geschlichen. Unfassbar, und das nur, weil ein Arzt gemeint, gesagt, verordnet hat.
Ich für meinen Teil lehnte ab und damit war ich anstrengend, sie fühlten sich in ihrer Ruhe gestört. Vor allen Dingen fühlten sich die Ärzte in ihrer Autorität gestört. Sie fragten sich, wie ich so impertinent sein kann, wo ich doch gar nicht vom Fach oder besser noch, nicht ihresgleichen bin und ihre Verordnungen anzweifele.
Das kann ich Ihnen sagen. Ich hatte mich vor fünf Jahren entschieden. Ich hatte mich entschieden, nie wieder nur einen Tag ohne Schmerzen zu leben. Ich hatte mich entschieden, mein Bein, was so gut kurze Hosen tragen konnte, mit Narben verunstalten zu lassen, um es dann unter Stoff zu verstecken. Ich hatte mich entschieden, meinen schnellen, leichten Gang einem leicht humpelnden, schweren Gang zu opfern. Ich hatte mich entschieden, mein positives Denken langsam und schleichend aufzugeben. Ich hatte mich entschieden, meine Zeit mit Ärzten, Krankenhäusern, Rehakliniken und Psychologen, anstatt mit Freunden zu verbringen. Meine Freizeit nicht in Freibädern, Fitnessstudios, auf Partys, sondern meistens allein in meinem Zimmer oder beim Rehasport zuzubringen.
Die Gespräche mit meinen Freunden gegen Gespräche bei Psychologen einzutauschen. Meine Arbeitsstelle gegen Arbeitsunfähigkeit einzutauschen, meine Gedanken an ein lachendes Leben in einen Kasten zu verschließen. Meine Hobbys und meine Freunde gegen Alleinsein einzutauschen. Für das alles hatte ich

mich mit der Zusage zur OP entschieden. Reicht das als Grund, den Ärzten mein Misstrauen auszusprechen und ihre Aussagen und ihre Kompetenz in Frage zu stellen?
Die, die mit Ihrer Arroganz ein Leben zerstören, ohne sich nachher auch nur einmal nach diesem zerstörten Leben umzusehen. Sie ignorieren ihren Fehler und machen locker weiter.
Es gibt ja noch viele Gutgläubige, die auf sie warten. Und sie warten....und glauben, glauben, dass ihnen geholfen wird, glauben an Ehrlichkeit, Fähigkeit, Wissen und Kompetenz. Sie hoffen auf Besonderheit, auf dass gerade sie mehr wert sind als eine Nummer oder eine Fallzahl.
Sind wir das, sind wir mehr wert? Oder ist auch hier die Schnelligkeit, die Profitgier größer als die Ethik?
Mein Glaube an Ehrlichkeit und Menschlichkeit, einen Fehler zuzugeben, ist doch stark beeinträchtigt. Einen Fehler zugeben zu können bedarf Stärke und Rückgrat und das ist bei den meisten nicht vorhanden. Es interessiert nicht, was für ein menschliches Schicksal da vor ihnen sitzt. Es wird ein Standardprozedere abgehalten ohne Rücksicht, Weitsicht und Anteilnahme.
Gnadenlos wird der Rezeptblock gezückt, geschrieben, wohlwollend hinüber gereicht, entlassen. Der nächste bitte.
Wir setzen uns mit unserem Zettel in Bewegung zur nächsten Apotheke in der Hoffnung...., wir fahren nach Hause nehmen unsere Tabletten, jeden leisen

Widerstand in den Wind schlagend und schlucken. Wir möchten, dass es uns bald wieder besser geht und wir wie früher funktionieren. Danach setzen wir uns mit unserem Auto in Bewegung, die Besorgungen warten. Wegen eines Glases Wein können wir eine Verwarnung bekommen oder unseren Führerschein verlieren. Was ist mit der Chemiebombe hinter dem Lenkrad? Und wie viele Zeitbomben fahren auf den Straßen?
Wir können nicht schlafen, Schlaftabletten, wir sind am nächsten Tag müde und unkonzentriert, Aufputscher, wir bekommen Kopfschmerzen, Schmerzmittel, wir werden depressiv, Antidepressiva, unser Cholesterinspiegel schießt in die Höhe, Statine, unser Blutdruck steigt, Senker. Und so weiter.
Das alles nehmen wir wie ein Mahl, oft sogar in Verbindung mit Alkohol, ohne uns Gedanken über Wechselwirkungen zu machen. Aber trinken sie bloß kein Glas Wein. Der Polizist wartet schon.
Und wenn sie dann dies alles nicht mehr wollen und es ihrem Arzt sagen, dann heißt es:
„Ich kann Ihnen nicht mehr helfen."
Oder noch besser, wie mein Orthopäde zu mir sagte, nachdem er mich von einer OP überzeugt hatte, mich danach zu unzähligen Fachärzten schickte und es mir immer schlechter ging:
„Ich habe keine Empfehlung mehr für Sie."
Ja, das war es dann, er konnte, wollte mir nicht mehr helfen. Es wurde zu heikel. Und als dann gar nichts mehr half, ja da war es die Psyche. Sie sind chronische Schmerzpatientin und sie sind depressiv. Ge-

Gedanken

schafft, der Fehler hatte einen Namen. Jetzt konnte wieder verordnet werden. Der Name lautete: Chronischer Schmerzpatient. Da stehen einem so ziemlich alle Schmerzmittel offen. Wir waren ja nun offiziell „Schmerzpatienten". Bis zum Ende. Finden wir uns damit ab oder rebellieren wir? Warum schreien wir nicht auf? Warum lassen wir uns so beeinflussen? Warum kann uns ein Chirurg „kaputt operieren", ohne Verantwortung zu zeigen? Warum sind Ärzte so erbarmungslos, so ungnädig dem Leben anderer gegenüber?

Und warum wird das geduldet? Wenn sich dann aber trotzdem ein Patient traut, nachdem das erhoffte Ergebnis seiner OP nicht eintritt und er sich gar keinen Rat mehr weiß, dann wendet er sich an die Ärztekammer.

Nett, höflich und teilnahmsvoll wird einem zugehört mit der Bitte sämtliche Unterlagen einzureichen. Was aber viele nicht wissen: Die Ärztekammer holt von dem Arzt, der das nicht positive Ergebnis verschuldet haben könnte, die Zusage, um diesen Fall zu prüfen. Dann werden alle Unterlagen gesammelt und einem Gutachter übergeben. Der natürlich auch Arzt ist.

Dieser Gutachter, der nie mit Ihnen gesprochen, geschweige denn Sie untersucht hat, erstellt nun ein Gutachten von den Gutachten des anderen Arztes und der Ärzte, die noch in Ihren Fall involviert sind. Eben von den Unterlagen, die sie eingereicht haben. Also auch von dem Operateur.

Den Gutachter bekommen sie nie zu Gesicht. Eine

größere Farce gibt es fast nicht mehr. Durch dieses Angebot der Ärztekammer geht mindestens die Hälfte der nicht zufriedenen Patienten, nicht zu einem Anwalt, sondern reicht erst einmal alles bei dieser Kammer ein. Wenn dann auch noch eine Ablehnung der Ärztekammer kommt, bleiben höchstens zehn Prozent der Geschädigten über, die noch einen Anwalt aufsuchen. Der verbleibende Rest denkt sich: „Wenn schon die Ärztekammer ablehnt, brauche ich es erst gar nicht weiter versuchen."

Aber die Ärztekammer besteht hauptsächlich aus „Ärzten".

Sie dürfen nun erstaunt, erschrocken und fassungslos sein. Aber wir sind ja froh, es wird sich gekümmert! Denn ein Arzt würde doch nie...

Aber egal, wir sind doch chronische Schmerzpatienten und es könnte doch genauso gut sein, dass sich der Schmerz längst verselbstständigt hat und wir eigentlich gesund sind und uns alles einbilden.

Nun sollten wir uns aber fragen, warum werden dann über Jahre die Tabletten verschrieben und genommen? Was wäre die Alternative? Hat ihnen eigentlich ihr Arzt schon jemals eine Alternative vorgeschlagen und ihnen wärmstens empfohlen oder nur lapidar erwähnt? Ich denke, die zweite Variante ist attraktiver.

Es ist auch egal zu wie vielen Ärzten wir fahren, die Aussagen, wenn sie erst einmal ihren Ordner erblicken, sind ziemlich gleich. Aber vorher wird geröntgt. Sie möchten sich ja erst einmal selber ein Bild von Ihrem Problem machen. Nein, das Röntgenbild was

Gedanken

Sie mitgebracht haben reicht nicht. Es ist zu alt, zwei Monate! Oder wird dem Röntgengerät des Kollegen misstraut? Lieber noch einmal im eigenen Haus röntgen. Warum? Tja, warum?
Zu Anfang der Reise hält man das für führsorglich, für sinnvoll, für kompetent. Es wird sich gekümmert, mit dem Ergebnis, unserer Sammlung noch ein Bild hinzufügen zu können, und wir? Ja, wir bekommen noch ein paar Röntgenstrahlen. Aber ist doch egal, es wurde sich gekümmert.
In dieser ganzen Zeit weiß ich inzwischen sofort, wo die Prioritäten meines Gegenübers liegen. Es gibt bestimmte Sätze, die sich immer wiederholen. Sobald die erste Silbe dieser begehrten Sätze seinen Doktormund verlässt, weiß ich, wo die Reise hingeht. Nun könnte ich mich eigentlich sofort verabschieden, aber wir sind ja höflich und hören uns geduldig diesen Wortschwall von Ausflüchten bis zur letzten Silbe an. Wir stehen auf, verabschieden uns höflich, danken für die Zeit und das Gespräch. Wir sind ja höflich.
Er oder sie auch, oder ist es eine antrainierte Höflichkeit? Und wir, wir sind müde. Müde der Ausflüchte, müde der oberflächlichen Floskeln, genau wissend über die Erleichterung, wenn wir seinen Raum verlassen und er uns hoffentlich nicht noch einmal begrüßen muss.
Und doch durfte ich auch Ärzte kennenlernen, die sich Gedanken machen und auch fassungslos und empört ihren Kollegen gegenüber reagieren. Entsetzt über so viel Ignoranz sind. Ich habe das große Glück

Gedanken

so eine Ärztin meine Hausärztin nennen zu dürfen und ihre Freundin, die auch Ärztin ist, kennen und schätzen zu dürfen. Hier werden sich noch Gedanken gemacht, Gedanken wie einem geholfen werden kann, Gedanken wie ich vor voreiligen Entscheidungen geschützt werde, Gedanken wie man mich wieder aufbauen könnte.
Wir sind so zermürbt von diesen ewigen Schmerzen, von den vielen nichtssagenden Worten, dass wir viel zu schnell in eine neue OP oder eine Therapie einwilligen würden. Und dann sind gute Ärzte da, um uns davor zu schützen.
Es sind Ärzte, die sich nicht nur profilieren wollen, denen das System egal ist, die den Menschen sehen und denen ihr Ruf wichtiger ist als Fallzahlen. Die sich trauen, trauen zu sagen, wenn etwas nicht richtig ist und nicht stimmt und dann auch dazu stehen. Es sind leider nicht mehr so viele, aber es gibt sie. Ich weiß es, weil ich einige von ihnen kennenlernen durfte.
Ich habe mich gegen diesen Mix aus Tabletten entschieden und bin froh darüber. Natürlich ist dieses der schwerere Weg, aber ich finde der richtige. Wenn wir weiter so gutgläubig und blauäugig den Ärzten vertrauen, wird sich nie etwas ändern.
Ich fühle mich von den meisten Ärzten nicht verstanden, obwohl ich glaube, dass die Ärzte genau wissen, dass etwas nicht stimmt. Die Rehakliniken springen schnell und gerne auf diesen Ignoranzzug. Ein bisschen Sport, ein paar Gespräche, einige Vorträge und dann die Beurteilung. In meiner letzten Reha habe

ich einen sehr netten Arzt kennen gelernt. Dieser sagte mir auch, dass er absolut nicht wisse, warum meine Schmerzen so stark und warum sie überhaupt da sind. Er versuchte nicht mich von einer Therapie, bestehend aus Tabletten, zu überzeugen. Er meinte, orthopädisch könne er nichts feststellen und er stände vor einem Rätsel. Aber dass ich starke Schmerzen und starke Einschränkungen hatte, glaubte er mir. Am Ende der Reha musste er seine Beurteilung abgeben. Bei meinem Schlussgespräch, was ein anderer Arzt führte, wurde mir seine Beurteilung vorgelesen. Ich war erst einmal sprachlos und bat um ein nochmaliges Gespräch mit dem Verfasser. Einen Tag später wurde ich zum Gespräch eingeladen.

Sehr höflich sprach er mit mir und äußerte nochmals seine Meinung. Dann bat ich ihn mir eine Frage zu beantworten.

„Gerne, wenn ich es kann."

„Herr Dr. ... , ich schätze Sie wirklich und halte Sie auch für äußerst kompetent, aber erklären Sie mir bitte, wie können Sie beurteilen, was Sie nicht verstehen?"

Ruhig und immer noch freundlich schaute er mich lange an und nickte lächelnd.

Auch diese Ärzte stehen unter enormen Druck. Sie haben die Rentenkasse und die Krankenkassen im Nacken. Was ich absolut nicht verstehen kann! Warum hat man den Krankenkassen so eine Macht, so eine Entscheidungsfreiheit gegeben?

Wie kann es sein, dass eine Versicherung so einen

Stand bekommt? Ja, die Krankenkasse ist eine Versicherung, Ende, nicht mehr, nicht weniger. Schauen Sie sich die Gebäude an, wo unser Geld verwaltet und zugewiesen wird. Auch die Ärzte und die Krankenhäuser leiden unter diesem System. Hier wird eingeteilt und ein Sparkurs gefahren, wo Hilfe und Finanzspritzen dringend an den richtigen Stellen nötig wären. Gelder werden für Prestigewünsche verbrannt und sinnlos rausgeschmissen.

Ethik gegen Größenwahn? Die Pharmaindustrie, diese machtbesessenen, gierigen Konzerne mit ihren Milliardengewinnen.

Die Krankenhäuser und Rehakliniken, die als lukratives Geschäft gesehen werden und bei denen es bei vielen nur noch um Gewinn geht. Wieso werden Krankenhäuser privatisiert?

Hier werden den Spekulanten (Investoren) Tür und Tor geöffnet. Ein riesen Spielfeld eröffnet sich denen und der Einsatz; ja das sind wir, die Patienten, und das Pflegepersonal, das bis zur Erschöpfung arbeiten muss.

Die Krankenkassen, die immer machtbesessener und unverschämter werden. Sie verwalten unsere Gelder, die wir ihnen als Versicherter anvertrauen und uns hart erarbeitet haben. Wir haben es ihnen anvertraut für den Tag X, als Sicherheit für uns, um die bestmögliche Behandlung, Nachbehandlung, Therapien und Hilfsmittel zu bekommen. In Wahrheit werden uns viele Maßnahmen verwehrt, die wir uns dann hart erkämpfen und einfordern müssen. Unter dem

Deckmantel ihres medizinischen Dienstes schmettern sie rigoros Anträge ab, die den Menschen zustehen. Und im Übrigen: von wem wird dieser medizinische Dienst bezahlt? Genau, von genau diesen Krankenkassen, also im Prinzip von unserem Geld, das sie mit unseren Beiträgen einnehmen.
Das Geschäft mit der Krankheit und der Angst boomt. Die Politik schaut zu und weg. Es ist unfassbar was und wer da von unserem Geld lebt und bezahlt wird. Von den Altenheimen möchte ich gar nicht erst anfangen.

„Die Gier ist offiziell für gesellschaftsfähig erklärt worden."

Deswegen werden wir immer schneller zu einer Nummer, deswegen sind so vielen guten Ärzten, die helfen wollen, die Hände gebunden und sie stehen vor einem Berg aus bürokratischem Chaos. Sie könnten und möchten ihre Zeit besser nutzen für ihre Berufung. Aber es ist nicht möglich, nur weil eine Versicherung meint, das Recht zu haben, neue Richtlinien und Verordnungen zu verabschieden. Wo leben wir eigentlich? Und die Politik, wie schon erwähnt, ... schaut zu. Wir haben gute Ärzte, für die Menschlichkeit und Werte keine Fremdwörter sind, aber wir haben ein krankes System. Solange die Politik zuschaut, den Krankenkassen die Macht gibt, Krankenhäuser privatisiert und als Aktiengesellschaften zugelassen werden, Ärzte nicht mehr den hippokratischen Eid leisten müssen, solange wird sich nichts ändern und wir müssen weiter die Perlen unter den Ärzten suchen.

Und bis Sie Ihren richtigen Weg gefunden haben, ist mein Rat:

Besser lyrisch als chronisch.

„Und weiter geht´s“

verantwortungsbewusster Arzt oder geldgesteuerter Unternehmer?

Die Fortsetzung von:
Was darf ich Ihnen anbieten.
Eine neue Hüfte, ein neues Knie?
Oder doch eine schöne Bandscheibe?

Also fuhr ich nach München in die Klinik. Da ich nur frühmorgens einen Termin bekam, reiste ich einen Tag eher an. München lohnt sich ja immer und ich freute mich schon auf meinen geliebten Kaiserschmarrn, den Viktualienmarkt usw.
Zum genannten Termin fuhr ich dann in die Klinik. Da ich ja schon viele Kliniken gewohnt war, beein-

druckt mich so schnell nichts mehr. Diese jedoch war wirklich sehr belebt und groß. Nach längerem Suchen fand ich die Anmeldung der Orthopädie. Nummer ziehen und warten. Ein bisschen wie am Bahnhof. Wenn dann die gezogene Nummer angezeigt wird, geht man zur Anmeldung, stellt sich vor ein Fenster und schildert sein Anliegen. Die anderen Wartenden genießen somit einen guten Zeitvertreib. Jeder schildert etwas anderes, mal lauter, mal leise peinlich berührt wegen der vielen Zuschauer und Zuhörer, mal forsch, mal ganz kleinlaut. Einigkeit bestand darin, dass doch eigentlich keiner Zeit hatte und gerne sofort aufgerufen werden wollte.

Ein Mann ist mir ganz besonders in Erinnerung geblieben. Er saß ein paar Stühle von mir entfernt und das war auch gut so. Sehr ungehalten und extrem schroff wies er seine Frau immer wieder zurecht. Peinlich berührt schauten die meisten in eine andere Richtung, bloß nicht zu ihm und seine Aufmerksamkeit erregen. Neben mir saß ein Ehepaar, dem sich der Ablauf des Systems noch nicht ganz erklärte. Etwas verzweifelt schaute mich die Frau an und bat um Hilfe. Ich erklärte ihnen den Ablauf und konnte mich somit von diesem schrecklichen Schreihals ablenken und dem Ehepaar helfen.

Die Nummer sprang um und der Schreihals auf. Eine andere Dame, die nur eine kurze Frage hatte, ging nun auch zielstrebig zu diesem Schalter. Na, das wusste sie aber auch nicht besser. Der Schreihals ging auf sie zu, schubste sie weg und sagte:

„Nix, i bi dro."
Entsetzt schaute ihn die Dame an,
„Aber, ich wollte doch nur....."
„Na, des sagens alle, nix verschwinden´s."
Ich war entsetzt über ein dermaßen schlechtes Benehmen und äußerte dieses auch.
„Was ist denn das für ein Benehmen, Sie sollten sich schämen."
Geschämt hat sich nur seine Frau. Der zugehörige Mann der geschubsten Frau eilte ihr auch schon zur Hilfe und sagte:
„Schubsen Sie meine Frau nicht."
Die Antwort kam barsch,
„I bi dro."
Wir schüttelten alle verständnislos unsere Köpfe, aber glauben Sie mal nicht, dass einer diesem Schreihals Paroli geboten hätte. Ich echauffierte mich noch, bekam aber nur ganz leise Zuspruch.
So, nun war ich an der Reihe. Daten aufnehmen, Wegweisung und weiter ging es. Nun wurde ein weiterer Wartebereich aufgesucht, wo man von dem Arzt oder der Ärztin aufgerufen wurde.
Der Schreihals war auch schon hier und schaute mich ganz garstig an. Diese Charaktere gefiel mir ganz besonders gut. Großen Mund haben und dann noch nicht einmal Kritik vertragen können. Das sind die Richtigen.
Ich schaute herablassend und spöttisch zurück und war gespannt, wie lange es dauerte, bis seine Sicherung vollends durchbrannte.

Ich weiß nicht, wessen Glück es war, seins oder meins. Er wurde jedenfalls kurz nach unserem Blickwechsel aufgerufen. Fünfzehn Minuten musste ich auch noch warten, dann stellte sich mir ein sehr netter Arzt vor. Ich schilderte meine Misere und sein Blick wurde immer besorgter und unverständlicher. Nun wartete ich auf diesen einen Satz.

„Ja, aber die Prothese..."

Nein, der Satz kam nicht. Dies allein ließ schon auf mehr Professionalität schließen.

„Hm, das Röntgenbild gibt leider, nicht soviel Auskunft."

Ich weiß.

„Sehr steil zwar, aber dadurch solche Beschwerden?"

Ich wurde untersucht und seine Stirn immer sorgenvoller und verständnisloser.

„Wir müssen Proben entnehmen, um eine bakterielle Ursache auszuschließen."

Ich willigte ein und wurde zum ambulanten OP-Raum gebracht. Dort musste ich dann leider über eine Stunde warten, das hieß, ich war nun schon fast vier Stunden hier. So langsam stiegen meine Empörung und mein Hunger. Dann sah ich ihn auf mich zukommen. Nun sollten also Proben aus dem Gelenk entnommen werden.

Sein Assistenzarzt bereitete mich und alles Weitere vor. Quasi in Jod getränkt wurde nun versucht mir Gelenkflüssigkeit zu entnehmen. Gut, dass ich keine weiße Hose anhatte. Ich denke, die Vorgehensweise ist Ihnen bekannt?

Unter einem Röntgengerät wird einem eine sehr lange, dicke Nadel zu dem Gelenkpunkt eingeführt, um dann Gelenkflüssigkeit entnehmen zu können. Eine unschöne Freizeitbeschäftigung.
Na ja, jedenfalls nach einigem Hin und Her der Nadel wurde er fündig und es konnte Flüssigkeit entnommen werden. Was mir neu war, dass dieses Prozedere dreimal in kürzester Zeit wiederholt werden musste.
Das erste Ergebnis schien nicht eindeutig.
Die Flüssigkeit war trübe. Ob es sich um Bakterien handelte würden die Laborwerte ergeben. Für mich hieß das, in zwei Wochen wieder anreisen.
Nach zwei Wochen, gleiches Prozedere, wieder war das Ergebnis nicht eindeutig und wieder war Warten auf die Laborwerte angesagt. Dieses Mal konnte ich schon nach einer Woche wieder vorstellig werden. OK, und wieder 600 km hin, 600 km zurück.
Eigentlich hatte ich nun aber gar keine Lust mehr und der Appetit auf Kaiserschmarrn verging mir auch so langsam.
Die dritte Punktion war überstanden und der Arzt wollte sich melden, was er dann auch zwei Wochen später tat.
Die Punktion ergab kein eindeutiges Ergebnis. Zu wenig, um eine Revision zu wagen, zu viel, um schmerzfrei zu leben. Mit anderen Worten: Er wusste auch nicht, woher diese schrecklichen Schmerzen und Einschränkungen herrührten und wie er mir helfen konnte. Aber wenigstens sagte er es und hatte sich bemüht.

Weiter ging es. Ich hatte immer mehr das Gefühl einer schleichenden Vergiftung. Die nicht aufhörenden Schmerzen und dieser ewige Schlafmangel forderten ihren Tribut. Immer gereizter und auch verzweifelter mied ich soziale Kontakte soweit ich konnte. Jedes Mal wurde ich gefragt;
„Und .....wie geht es?"
Ich konnte es nicht mehr hören. Das Unfassbare, viele dieser ungeduldig Fragenden wurden richtig ungehalten und aggressiv. Gereizt wurde mir dann gesagt:
„Also ich weiß ja nicht, ich würde ja..."
Ja, klar, die würden. Diese Sprüche und diese Vorhaltungen von Leuten, die aber so gar keine Ahnung hatten, gingen mir so was von auf die Nerven. Ich gewöhnte mir an, sofort und ganz schnell auf diese platte Frage zu reagieren.
„Gut, mir geht es gut, und Dir? Erzähl mal."
Und schon hatte ich sie umgelenkt, genau das wollten sie hören. Ich hatte meine Ruhe und sie konnten sich über sich und ihre Probleme auslassen. Alle waren mehr oder minder zufrieden. Alles gut.
Das Problem bei Dauerschmerz und Schlafmangel ist, die Haut wird immer dünner und man erträgt diese oberflächlichen Peinlichkeiten nun gar nicht mehr. Dieses Schauspiel der Freundlichkeit ist einem zuwider und das Alleinsein wird vorgezogen. Das ist wenigstens ehrlich. Mir wurde erneut eine Reha angeboten. Meine Psyche sollte ein bisschen aufgepeppt werden. Es war mir egal.
Ich fuhr an die Ostsee. Ein sehr schönes Haus mit netten Ärzten. Mir war der Ablauf ja schon bekannt. Das

Gute und Schlechte; es treten wieder sehr viele Menschen in ein Leben. Manche Menschen sind eine echte Bereicherung und manche eine absolute Zumutung. Leider hat man auf die jeweilige Anzahl keinen Einfluss und leider muss ich auch sagen, dass die Anzahl der Zumutung meistens höher liegt. Aber ich hatte Glück. Es kam mir ja nicht auf die Quantität, sondern auf die Qualität an. Und davon durfte ich eine Hand voll kennenlernen. Ist doch schon mal etwas.

Es gab die Fragenden, die ewigen Nörgler, die Besserwisser, die Intoleranten, die Gereizten, die Ängstlichen, die Zumutungen schlechthin usw. Wir, die wir uns für die Qualität entschieden hatten, pflegten sehr netten Kontakt.

Aber glauben Sie bloß nicht, dass das von dem Rest so einfach hingenommen wird. Also mit uns muss doch etwas nicht stimmen, ansonsten würden wir doch auch über Oberflächlichkeiten schimpfen, über Nebensächlichkeiten lästern, wenn ein Tischnachbar aufsteht, sich erst mal über den auslassen. Ich denke, Ihnen ist diese Art Menschen bekannt.

Ich muss gerade an einen Spruch denken, den der Freund meiner Tochter diese Tage von sich gegeben hat. Jedenfalls sagte einer gerade etwas besonders Hirnloses. Ich habe nur meine Augen verdreht und er sagte ganz trocken:

„Der ist so flach, da brauche ich noch nicht mal die Füße heben."

Erstaunt schaute ich ihn an. Genial auf den Punkt gekommen! Hätte ich ihm gar nicht zugetraut. Schöne

Überraschung. Diese Menschen hatten noch nicht ihre ganze Energie in Schmerzen und Schlaflosigkeit verloren. Jeden Tag wurde sie verschwendetet für überflüssiges Gerede und Gehässigkeiten. Schade um diese Energie.
Jetzt muss ich aufhören, sonst schreibe ich mich fest und das wäre doch zu schade für unsere Zeit.

Jedenfalls standen die Ärzte bei mir wieder vor einem Rätsel. Immerhin sprachen sie dieses auch aus. Sie konnten es nicht verstehen und fanden keine Erklärung. Eine Ärztin hatte eine wirklich gute Theorie. Sie vermutete, dass mein Muskel an meinem Bein immer im Dauerkrampf war, warum auch immer. Ich fand das eine sehr gute Idee. Sie nannte mir noch das Beispiel mit den Fußballern. Da ging manchmal von jetzt auf gleich auch gar nichts mehr und sie mussten vom Feld. Sehr plausibel. Nun, ich konnte leider nicht vom Feld, mir war das Feld implantiert worden.
Es war die Zeit der EM. Müde lag ich auf meinem Bett und schaute Fußball. Mensch....das war es doch. Richtungswechsel. Wenn es bis jetzt kein Arzt wusste, dann er aber mit Sicherheit. Ein Versuch war es wert. Den nächsten Tag rief ich bei einem sehr bekannten Arzt an, schilderte mein Problem und wir vereinbarten einen Termin.
Ich glaube, dass diese Ärzte einen anderen Radius haben. Jedenfalls freute ich mich auf diesen Termin. Die Reha ging ihrem Ende zu und die Beurteilung stand in den Startlöchern.

Mal schauen, was dieses Mal wieder für Ausflüchte und Unsinn geschrieben wurde. Ich fragte den zuständigen Arzt, wie er beurteilen könne, was er nicht verstehe.
Ein langer Blick war die Antwort. Also ging ich wieder wie gekommen. Nein, nicht ganz. Ich hatte sehr nette Menschen kennengelernt, ein paar Muskeln wieder aktiviert und das Gebiet an der Ostsee genossen. Das war doch schon was.
Wieder zu Hause, versuchte ich das Beste aus der Situation zu machen, was schwer fiel. Endlich war der Termin da.
Wieder fuhr ich nach München. Mein Appetit auf Kaiserschmarrn war auch wieder voll da.
Aber zuerst suchte ich die Praxis auf. Sehr stilvoll, sehr schön und großzügig präsentierten sich diese Räume. Die Mitarbeiterinnen äußerst höflich und zuvorkommend. Die Luft sehr gut, nicht wie in vielen anderen Praxen, Tür auf und umfallen. Das Ärzteteam bestand aus vier Ärzten. Ich wurde aufgerufen.
Wieder schilderte ich meine Geschichte. Ich hatte wirklich schon mal daran gedacht einmal alles aufzunehmen und dann nur noch den Ärzten meine CD rüberzureichen, aber ich glaube, das wäre nicht so gut angekommen.
Naja, jedenfalls bat mich dieser Arzt auf seiner Liege Platz zu nehmen. Seine Untersuchung war gezielt, professionell und vorsichtig. Nicht wie bei manchen seiner Kollegen, die mein Bein mit einem Schraubstock verwechselten, um dann auch noch zu sagen,

„geht doch". Hier war es anders. Dr. ... schaute mich an und sagte: „Hier stimmt etwas nicht, aber so gar nicht."
Er bat um noch ein Röntgenbild, schilderte mir aber schon seine Vermutung. Nach der Röntgenaufnahme besprachen wir dann alles. Seine Vermutung bestärkte sich, er wollte seine Gedanken aber noch mit einem Kollegen in Garmisch besprechen. Ich willigte ein. Da ich so eine weite Anreise hatte, rief er direkt dort an mit der Bitte, mich einmal anzuschauen. Ich bekam für den nächsten Tag einen Termin. Also fuhr ich von München nach Garmisch Partenkirchen. Hotelzimmer gesucht, um mich den nächsten Morgen bei diesem Arzt vorzustellen. Wieder überraschte mich der freundliche Empfang. Dieses Mal musste ich auch nicht lange warten. Ein Assistenzarzt und Herr Dr. ... begrüßten mich. Wieder fing ich an, meine Geschichte emotionslos zu erzählen. Sein Gesicht, besorgt und auch ein bisschen verärgert. Als ich ihm dann auch noch sagte, dass mir die Sehne durchtrennt worden sei, nachdem man sie an der Prothese gefunden hatte, wurde sein Minenspiel doch intensiver. Fassungslos schaute er mich an. Nun wollte er sich selbst ein Bild machen und die Untersuchung begann. Stirnrunzelnd sagte er auch diese Worte:
„Hier stimmt was nicht."
Er hatte eine Vermutung. Das Röntgenbild wurde aufgerufen und er sagte: „Hier ist der Fehler."
Ich schaute ihn an und sagte erst einmal nichts. Dann fragte ich ihn: „Der dann wäre?"

Die Prothese sehr steil, schief, das Bein zu kurz und die Sehne durchtrennt. Im Klartext: Durch den Verlust dieser Sehne hatte mein Bein keinen Hebe- und Senkbeuger mehr und musste irgendwie diese Arbeiten auf andere Arten kompensieren. Das hieß Körperkraft und Muskelkraft, die aber dafür gar nicht ausgelegt waren. Daher auch diese extreme Muskelanspannung und Reizung. Der Muskel kam eigentlich nie zur Ruhe. Mein Bein zu kurz, sodass ich dezent hinkte, die Pfanne schief sodass sie schliff. Die Sehne zwar durchtrennt, aber immer noch eingeklemmt in der Prothese. Die beiden schauten mich überrascht an, vor allem nachdem sie gehört hatten bei wie vielen Ärzten ich schon war. Sie schauten sich meinen mitgebrachten Ordner an, der meine gesammelten Werke enthielt. Kopfschüttelnd diskutierten sie und manche Sachen waren auch für diese beiden nicht so recht zu verstehen. Ich kannte dieses Gefühl ja schon. Nun ging es darum, was tun?
Wir unterhielten uns über verschiedene Möglichkeiten und wussten eigentlich alle, dass es nur einen sinnvollen Weg gab. Revision.
Die Frage war nun, komplett oder konnte der Schaft liegen bleiben? Das würde natürlich vieles erleichtern. Bei einem Schaftwechsel war nicht vorherzusehen, was einen erwartet. Weder dem Operateur, noch dem Patienten. Es war absolut nicht berechenbar, was alles bei diesem Eingriff passieren konnte, wobei der Schaft ja auch von einer Lockerung weit entfernt war. Anders wäre es natürlich, wenn Bakterien ins Spiel kommen

würden, dann wäre so gut wie keine Chance auf den Wechsel zu verzichten. Ich überließ alles ihm, er war der Experte und ich hatte seit Langem ein gutes Gefühl. Wir verabredeten uns drei Tage vor Weihnachten zur OP.
Ich rief noch einmal bei dem Arzt in München an. Erstens, um mich zu bedanken und zweitens, um seine Meinung zu hören. Seine Antwort kam ganz klar und spontan. Er vertraute seinem Kollegen in Garmisch zu 100%. Nun war ich vollends beruhigt.
Wir verabschiedeten uns bis nach der Reha, um dann ein Trainingsprogramm zu besprechen. Mit der OP war es ja nicht getan. Das war natürlich die Voraussetzung, um überhaupt weiter planen zu können, denn fünf Jahre Schmerzen, Fehlhaltung und Vorfälle waren danach nicht einfach weg.
Ich reiste am 20. Dezember an. Es wurden Vorbereitungen für die OP getroffen und noch einmal alles ganz explizit durchgesprochen. Dann wurden mir die Station und mein Zimmer gezeigt. Das Team gefiel mir, ich hatte zwar manchmal Probleme, das bayerische auf Anhieb zu verstehen, aber das klappte schon. Meine Leidensgenossen im Zimmer waren mir auch auf Anhieb sympathisch. Es konnte also losgehen. 21.12. / 9:45 Uhr OP.
Im OP Bereich herrschte ein gutes Klima. Sofort war dieser Respekt und das kollegiale Miteinander spürbar. Noch ein bisschen Small Talk und ich fiel in das Land der Leere.
Irgendwann am Spätnachmittag wurde ich in meinem

Zimmer wach. Was mir im Nachhinein auffiel, war, dass ich gar nicht mitbekommen hatte wie schrecklich kalt mir war. Sonst wurde ich allein von meinem Zittern wach und ich konnte mich gar nicht vor gefühlter Kälte beruhigen. Gegen Abend gab es dann ein paar Löffel klare Suppe und eine Brechtüte, für den Notfall. Meine Bettnachbarin die auch am selben Tag ihre OP hatte, bekam schon ein richtiges Abendessen. Ich hatte immer sehr lange mit meinem Kreislauf zu kämpfen, deswegen durfte ich auch erst am nächsten morgen nach dem Frühstück kurz aufstehen.
Da war ich aber auch absolut nicht böse drum. Ich war froh, dass ich mich nicht bewegen musste. Morgens wurde mir dann der Katheter und der Drainageschlauch gezogen. Das hatte ich schon mal wieder überstanden. Nachmittags kam Herr Dr. ....zu mir. Er erklärte mir seine Vorgehensweise. Wie immer super nett, hochprofessionell und verständlich.
Obwohl ich zugeben muss, dass mir immer noch ein bisschen duselig war. Aber meine Bettnachbarin hörte auch ganz gespannt zu und von daher hörten vier OP-geschädigte Ohren mehr als zwei. Die Narkose war halt noch spürbar.
Ja, und nun konnten wir nur noch warten. Warten auf eine Veränderung. Mein Arzt war sich ziemlich sicher, dass er mir diese schrecklichen Schmerzen nehmen konnte und alles nun besser würde. Natürlich konnte er mir keine neue Sehne anbieten, diese war unwiderruflich geschädigt, aber das wusste ich ja.
Wie nennt man so etwas? Kollateralschaden, Fehleinschätzung, mangelnde Erfahrung, kriminelle Über-

schätzung, Fachamateur? Ich weiß nicht, wie so etwas in Fachkreisen unter sich genannt wird.

Bis jetzt bin ich froh, dass mir in meiner letzten Reha der Gedanke an diesen Arzt gekommen ist, dass der Termin geklappt hat und er mir seinen Kollegen in Garmisch empfohlen hat. Nun heißt es warten.

Bis dahin erzähle ich Ihnen einiges über die verschiedenen Rehaeinrichtungen, in denen ich war. Meine erste Anschlussheilbehandlung war nach der Schicksals-OP 2012. Für mich damals alles noch Neuland und ich somit natürlich auch noch sehr zurückhaltend und unwissend. Unwissend was postoperativ betraf und auch die Abläufe der Rehakliniken und Vorgehensweise der Ärzte.
Ich reiste also vertrauensvoll an, bekam ein schönes Zimmer und eine sehr junge, nette Ärztin zugewiesen. Auffallend war, dass alle Ärzte sehr jung waren, bis auf einen Arzt, dem Chefarzt. Auch war die Verständigung sehr schwierig. Dieses junge Ärzteteam war noch nicht am Ende des Sprachkurses angekommen. Ein Vorfall blieb mir im Gedächtnis. Bei mir war ein junger Mann in der Gymnastikgruppe, der uns diese Geschichte während des Kurses erzählte.
Der Arzt bat ihn mit seinen Fingern zu wackeln. Zwar erstaunt darüber, was der Sinn sei, wackelte er aber trotzdem mit seinen Finger. Der Arzt schaute ihn verständnislos an und bat ihn noch einmal mit seinen Fingern zu wackeln. Ok, er wackelte. Nun aber schaute ihn der Arzt ganz erbost an und fragte;

„Wieso wackeln sie nicht mit ihren Fingern?"
„Tu ich doch die ganze Zeit."
„Nein, da wackelt nichts!"
Bis der Patient verstand, dass der Arzt seine Zehen meinte. Ich fiel fast von meiner Liege bei dieser Geschichte.
Aber das meine ich eben mit sehr jung und sprachlich noch nicht am Ende des Lernprozesses angekommen. Ansonsten war es hier ganz ok. Ich denke, wenn etwas Negatives gefunden werden will, wäre das auch keine große Anstrengung gewesen. Die Therapeuten waren super. Schon damals wurde meine Hüfte besorgt von ihnen begutachtet. Ein Therapeut war dabei, der vorher jahrelang bei der Bundeswehr Offizier war. Sein ganzes Auftreten und seine Stimmgewaltigkeit ließen daran keinen Zweifel. Gerade dieser Therapeut ließ mir morgens oft ein Bad ein. Ein Baldrianbad! Ich glaube, ich war die Einzige, die morgens schon ein Bad mit Baldrian bekam und das verkündete er auch immer lauthals mit so einer Inbrunst, dass wir schon alle auf seinen Einsatz warteten. Ich nannte ihn nachher nur noch den Kommiskopf. Wie er mich still und heimlich nannte, weiß ich nicht. Ja, ich finde hier waren wir gut aufgehoben. Es war für mich wie eine Insel.
Meine zweite Reha war in einem Gebiet an der Mosel. Sehr uriger Ort. Die Rehakliniken lagen auf einem Plateau und wir konnten die Weinlandschaft genießen.
Auch hier gaben sich die Therapeuten große Mühe.

Die Einrichtung war doch sehr in die Jahre gekommen und die Therapieräume erinnerten mich an eine Bahnhofshalle. Jeder konnte dem anderen zusehen, Privatsphäre wurde überbewertet. Die Küche war erstklassig. Auch hier wurde mir wieder ein Arzt zugeteilt. Er meinte sofort, ich müsse mich entscheiden, HWS oder Hüfte. Auf meinem Einwand hin, dass dieses ja wohl ein ganzheitliches Problem geworden sei und daher schlecht trennbar.
„Nein, HWS oder Hüfte."
Kopfschüttelnd nahm ich die Hüfte. Immerhin war sie ja die Wurzel des Übels. Daraufhin wurde ich noch ein bisschen skeptisch begutachtet und untersucht.
Er nahm mein linkes Bein in seine Hand und hielt es demonstrativ hoch. Schaute mich an und fragte, „was passiert, wenn ich es jetzt loslasse?"
Schon gewappnet, dass er so etwas tun würde, nahm ich eine gespannte Haltung an. Schärfer als gewollt sagte ich dann zu ihm: „Dann sollten sie schnell sein."
Irritiert, aber nun wesentlich vorsichtiger, legte er mein Bein zurück auf die Liege.
Zwei Wochen später hatte ich nochmals das Vergnügen von diesem Arzt begutachtet zu werden. Wieder bat er mich auf seiner Liege Platz zu nehmen, wieder versuchte er mein Bein in Positionen zu bringen, die so gar nicht gut waren. Er schaute mich an und sagte: „Sie brauchen keine Angst haben ihr Bein zu heben und wieder zu senken."
Ich schaute ihn lächelnd an und fragte ihn zuckersüß, ob ich ihm denn auch einen Rat geben dürfte. Ge-

schmeichelt, aber auch ein bisschen irritiert, nickte er mir zu.
„Nun haben Sie sich so viel Mühe gegeben, mir Ratschläge und Vorschläge zu unterbreiten, da möchte ich mich nun aber bei Ihnen revanchieren."
Erwartungsvoll schaute er mich an. Immer noch lächelnd sagte ich zu ihm: „Ich würde mir wirklich Gedanken über einen Berufswechsel machen", sagte es, stand auf und ließ ihn mit seiner selbstgerechten, über alle Maßen fehlgeleiteten Selbsteinschätzung allein.
Er war doch in guter Gesellschaft, da kannte man ihn.
Die Antwort bekam ich bei meinem Abschlussbericht.
Gesund entlassen. 1-1
Als dann auch noch der endgültige Entlassungsbericht kam, war ich doch sehr erstaunt. Ich war vollkommen gesund und 100% arbeitsfähig. Mensch, ich war gesund und hatte es gar nicht mitbekommen. Wie unaufmerksam von mir. 2-1 für ihn. So viel dazu.
Danach wurde mir eine Schmerztherapie angeboten, aber vorher wurde noch eine stationäre Arthroskopie vorgenommen.
Die stationäre Schmerztherapie ging zehn Tage und war sehr erholsam. Ich lehnte zwar die ganze Bandbreite der herrlich stark besänftigenden Medikamente ab, aber für meine Hüfte, gerade nach der OP, war die Zeit erholsam.
Dann kam meine dritte Reha an der Ostsee. Die war soweit auch ganz in Ordnung. Die Zimmer, die Therapieräume, die Umgebung, das ganze Haus, alles war sehr schön. Die Therapeuten ganz ok, obwohl hier

noch Handlungsbedarf bestand. Das Essen war fürchterlich. Die Ärzte waren bis zum Schluss sehr nett und aufmerksam. Als aber auch dieses Mal wieder etwas beurteilt werden sollte und wurde, nämlich ich, bat ich um ein Gespräch mit dem Verfasser.

Ich fragte den Arzt, wie er etwas beurteilen könne, was er nicht versteht und was sich seiner Kenntnis entzieht. Danach schrieb er in seiner Beurteilung, „orthopädisch für ihn nicht nachweisbar, weiter als arbeitsunfähig entlassen."

Kompliment. Meine vierte Reha sollte dann von Garmisch aus als Anschlussheilbehandlung in Bad Wiessee sein. Das Haus war schön, zwar sehr bayerisch aber schön, bis zum Zeitpunkt als mir mein Zimmer gezeigt wurde. Auch wieder sehr rustikal, Möbel orthopädisch ziemlich unglücklich gewählt und dann kam es, ich glaube der Teppich war aus den 70er Jahren. Für jeden Allergiker eine einzige Herausforderung. Zwei Tage später musste ich abreisen.

Sehr verwunderlich war dann der Abschlussbericht. Nach zwei Tagen Aufenthalt in diesem Haus trauten sich die Ärzte eine Beurteilung meines Gesamtzustandes zu. Dazu muss ich natürlich erwähnen, dass ich außer dem Aufnahmeprozedere weder eine Behandlung noch einem Gespräch beigewohnt habe. Ich habe zwei Tage in meinem Zimmer mit sperrangelweit geöffnetem Fenster verbracht. Also wie konnten diese Damen und Herren mich nun beurteilen und mich als vollkommen gesund entlassen? Waren da hellseherische Fähigkeiten im Spiel? Nun, ich wurde am 21.12.16 operiert und nun war der 31.12.16.

Ich muss mich immer wieder wundern, über was für eine Weitsicht und außergewöhnlichen Fähigkeiten unsere Ärzte verfügen. Erstaunlich.
Jedenfalls entschied ich mich nach dieser zweitägigen Zimmerreha für eine ambulante Reha, 30 km von meinem Wohnort entfernt. Diese Art Reha kannte ich ja noch nicht und da ich nun so gar keine Lust mehr auf Kofferpacken und schlechte Betten hatte, hielt ich dies für eine gute Alternative. Sie warben mit einem Fahrdienst. Natürlich, sonst wäre es ja auch gar nicht möglich gewesen, denn nach einer Knie-oder Hüft-OP oder aber Hüftrevision selber Auto zu fahren, geht leider absolut nicht. Auch wenn man es sich vielleicht zutraut, freut sich dann bei einem Unfall nur die Versicherung.
Also konnte diese Reha beginnen, dachte ich. Was leider nicht gesagt wurde, dass ein Bulli die Patienten abholt. Was ja nicht weiter schlimm erscheint. Das Problem hierbei waren die ganz und gar nicht komfortablen Transportmittel und dass dann auch noch je Fahrt bis zu sechs oder sieben Patienten abgeholt wurden. Derjenige, der das Privileg besaß zuerst abgeholt zu werden, saß bis zu zwei Stunden in einem Bulli, dessen Fahrer die Gegend erst erkunden musste und es sich zur Aufgabe gemacht hatte, jeden Feldweg und jedes Schlagloch zu suchen, um es dann auch noch zu finden. Die Rückfahrt war dann so geplant, dass wieder derjenige, der zuerst morgens abgeholt wurde, auch erst zuletzt seine Haustür aufschliessen durfte. Im Klartext: Vier Stunden in einem schlecht

gefederten Bulli, dessen Fahrer und Fahrweise sehr gewöhnungsbedürftig waren. Und das nach einer Hüft-, Knie- oder Bandscheiben OP. Ich finde diese Vorgehensweise äußerst kontraproduktiv und unverschämt.

Sie können sich sicher vorstellen, dass ich empört und so langsam auch sehr ungehalten wurde. Am dritten Tag unserer Sightseeingtour hatte ich genug und rief entnervt die Klinik an. Die Dame dieser Rehaklinik wollte mir erzählen, dass sie gar keinen Einfluss auf den Fahrdienst hätten. Mir dann auch noch so einen Unsinn anzuhören, gab mir den Rest.

„Wenn nicht Sie, wer dann? Sie haben einen Vertrag mit diesem Fahrdienst und Sie haben dafür Sorge zu tragen, dass wir alle zügig und heile hier ankommen und nicht die nächsten Betten der Orthopädie belegen müssen. Immerhin bekommen Sie dafür das Geld von dem Träger. Also ich darf Sie doch bitten."

Nun hatte es fünf Jahre meines Lebens gekostet, um den Fehler zu finden und hoffentlich zu beheben und das wollte ich mir ganz sicher nicht durch diesen Fahrdienst zunichte machen lassen. Ich muss zugeben, dass es mich immer wieder in Erstaunen versetzte, dass schlimmer immer geht.

Diesen Menschen, der für die Planung der Fahrten zuständig war, hätte ich doch gerne mal gesprochen.

Besser, ich beende nun das Thema Fahrdienst. Nur zur Info: sie waren nicht in der Lage etwas zu verändern und ich musste jeden Tag privat gebracht und geholt werden.

Jedenfalls konnte sich dieses Haus der ambulanten Reha glücklich schätzen, so gute Therapeuten zu haben. Der Arzt war auch sehr freundlich und zuvorkommend. Diese Kriterien waren dann der Grund, dass ich blieb.
Auch dem Arzt gefielen diese Zustände gar nicht. Ich hatte ja die Lösung des Problems parat. Ein Fahrzeug mehr, Fahrer und Planer mehr Verstand einsetzten, falls vorhanden. Eigentlich ganz einfach, aber halt teurer und somit nicht so lukrativ.
Also wie so oft stand der Gewinn an erster Stelle. Eine Reha steht und fällt eigentlich mit ihren Therapeuten. Und diesen möchte ich noch einmal danken und ihnen ein Kompliment aussprechen.
Auch meiner Familie möchte ich hier danken, denn auch für sie war es ein ganz schlechter Film. Sie mussten in diesen fünf Jahren mitansehen, wie meine Energie auf Null gefahren wurde, wie ich immer unzufriedener, übelgelaunter, ungerechter und radikaler in meinen Äußerungen wurde. Sie mussten mitansehen wie ich wieder und wieder dagegen ankämpfte und immer wieder verlor. Wie sich so langsam mein Lebensgeist versteckte. Ich konnte und wollte nicht akzeptieren, dass ein Arzt durch seine OP mir mein Leben einfach ruinierte und mir meine ganze Lebensqualität gestohlen hat. So einfach ist das für einen ‚HERR DOKTOR' Lebensenergie zum Erlöschen zu bringen. Er pustet die Kerze aus und ärgert sich noch über den Rauch, den die einstige Flamme hinterlässt. Aus.

Ja, aber ich trainiere weiter mit so manchem Schweißausbruch und arbeite hart für eine Besserung. Ich weiß nicht was wird, ich weiß nicht, ob ich vielleicht mal wieder eine Nacht durchschlafen kann, vielleicht irgendwann wieder eine Treppe hochlaufen, oder zumindest schmerzfrei hochgehen kann, vielleicht mit Freunden tanzen gehen, ohne nur Zuschauer sein zu müssen, vielleicht aus dem Stand einen Sprint hinlegen, ohne schmerzverzerrt in die Knie zu gehen, vielleicht endlich wieder arbeiten, ohne am zweiten Tag schlapp zu machen, vielleicht mein Leben mit Fröhlichkeit füllen, ohne dem Schmerz den ganzen Raum zu geben. Vielleicht.

Ich bin jedenfalls bereit dafür und habe auch ein gutes Gefühl. Ich bin bereit diese fünf Jahre ohne Groll ad acta zu legen. Nicht vergessen, aber ihnen keinen Raum für negative Gedanken geben. Denn dann wäre ich nie frei von Wut, Verzweiflung, Verachtung und Hoffnungslosigkeit. Keine dieser Empfindungen sollen Raum in meinem Leben einnehmen, sie haben viel zu lange versucht mich zu fesseln.

Trotzdem möchte ich zu diesem Zeitpunkt noch nicht zu viel Hoffnung aufnehmen, denn das Gefühl, wenn es sich wieder nicht erfüllt, ist zu schmerzhaft und niederschmetternd. Ich versuche frei von Beurteilungen zu sein und wenn es dann gut wird ... dann werde ich

weinend tanzen
und lachend jubeln,
den Blick nach vorne gerichtet.

Eigentlich kann ich es gar nicht erwarten.

Freunde

Ich möchte diesen ‚Freunden‘ nicht ganz so viele Worte widmen, aber gar keine Worte wäre auch nicht akzeptabel.
Was sind Freunde? Können Sie sich glücklich schätzen? Haben Sie wirkliche Freunde oder sind es doch eher Bekannte?
Lachen, streiten, weinen, leiden sie mit Ihnen? Schenken sie Ihnen ihre Zeit? Ich meine nicht die Zeit, wenn sie von der eigenen Langeweile, Hilflosigkeit oder Betrübtheit zu Ihnen getrieben werden.
Nein, ich meine die Zeiten, in denen es Ihnen schlecht und Ihren Freunden gut geht. Lassen diese Menschen alles für Sie liegen und stehen, spüren sie genau, wenn Sie verzweifelt sind? Geht die Freundschaft so weit, dass ein rauschendes Fest oder eine tolle Liebesnacht

geopfert wird um Ihnen zur Seite zu stehen? Haben Sie solche Freunde? Oder siegt auch hier die Oberflächlichkeit, der Neid und der Egoismus? Ich für meinen Teil habe immer von mir gedacht, dass ich genau so eine Freundin bin. Bin ich das?

Es ist schon einige Jahre her, als mich der Anruf meiner Freundin erstarren ließ. Ihr Mann hatte Krebs. Geschockt und ungläubig hörte ich ihr zu. Als sich jedoch mein erster Schock setzte, malte ich mir den Krebs bunter.

Vielleicht war es ja gar nicht so schlimm, die Forschung war so weit, ihm konnte bestimmt geholfen werden. Sie weinte und schrie auch gar nicht und er sah noch immer so aus wie früher. Wie gesagt, ich malte mir die Situation bunter. Warum?

Einige Monate vergingen. Ab und zu ein Anruf meiner- oder ihrerseits, also eine fast normale Situation. Außer dass sich der Inhalt unserer Gespräche verändert hatte. Dann spitzte sich die Situation zu. Immer noch reagierte ich nicht richtig.

Ich weiß noch als die beiden zu mir kamen. Er kam die Treppe hoch, schaute mich verlegen, hilflos und auch ein bisschen aggressiv an. Seine Gesichtsfarbe hatte sich stark verändert und ich sah ihn zum ersten Mal mit Glatze. Nach dem ersten Schock, er, weil er sich mir das erste Mal so zeigte, ich, weil ich ihn das erste Mal so sah, meine Freundin hilflos und verzweifelt, kam die alte Nähe und Vertrautheit wieder auf.

Wir redeten über seine Krankheit, waren zusammen verzweifelt und konnten auch ab und zu zusammen lachen.

Nach diesem Besuch sah ich ihn noch zwei Mal. Ganze zwei Mal. Unfassbar. Zwar stand ich immer mit meiner Freundin im telefonischen Kontakt, aber ich fuhr nicht zu ihr, um sie in die Arme zu nehmen, um sie abzulenken, um mal wieder mit ihr zu lachen, obwohl es nicht viel zu Lachen gab. Ich fuhr nicht zu ihm, um ihn zu trösten, um mir seine Ängste anzuhören. Ich habe total versagt.

Ja, wir sprachen zusammen, aber es waren immer nur Telefonate, und das fast ein ganzes Jahr. Dann kam der Anruf.

Ihr Mann hatte sich das Leben genommen. Wie erstarrt hörte ich diese Worte. Ich fuhr sofort zu ihr. Unterwegs machte ich mir die größten Vorwürfe: Wie hatte ich so versagen können, wie konnte ich nur so eine menschliche Null sein? Wem konnte ich die Schuld für meine Ignoranz geben? Dem Alltag, der einen immer so schnell einholt? Der Unwissenheit? Ich weiß es nicht. Es war kein Desinteresse, es war einfach menschliches Versagen meinerseits. Noch heute schäme ich mich für meine damalige Ignoranz.

Ich weiß, dass sie mir nichts nachträgt, vielleicht wäre es ihr umgekehrt genauso passiert. Vielleicht. Unsere Freundschaft ist daran gewachsen und es ist eine tiefere, ruhigere Freundschaft entstanden.

Dann widerfuhren mir einige Schicksalsschläge. Es kam Schlag auf Schlag. In dieser Zeit wurden die Nerven meiner Freunde stark strapaziert. Ich war in einer Situation gefangen, die sehr viel Energie verbrauchte. Aber nicht nur meine Energie ging dem Ende entgegen, auch die meiner „Freunde". Sie verstanden nicht.

Aus ihrem Unverständnis entwickelte sich so langsam Aggressivität. Sie wurden gereizt, griffen zu verbalen Ausflüchten und Vorschlägen und dann zur persönlichen Abwesenheit. Sie blieben weg.
Meine Mutter nervte mich früher immer mit einem ihrer Lieblingssprüche:
„Freunde in der Not gibt es tausend auf einem Lot."
Wie hat mich dieser Spruch genervt, dabei war es einfach nur Lebenserfahrung.
Heute möchte ich diese falschen Freundschaften nicht mehr. Heute differenziere ich zwischen Freunden und Bekannten. Es sind nur Wenige übrig geblieben, jedoch darf ich mich glücklich schätzen, denn ich habe wirkliche Freunde. Diese haben ihre Liebesnacht für mich unterbrochen und auf weiteres verschoben oder einer gerade aufkeimenden Inspiration adieu gesagt und waren in diesem Moment für mich da. Nicht die Anzahl macht es, lieber einen richtigen Freund als hundert oberflächliche Bekanntschaften.
Aber trotzdem, wie schnell verurteilen wir und wie schnell versagen wir selbst? Ich musste dieses leider bei mir auch beobachten. Zu meinem Glück ist mir meine Ignoranz von damals bewusst geworden. Viele meiner „Freunde" haben es nicht geschafft. Es hat schon einige Zeit benötigt, diese Enttäuschung zu verarbeiten und anzunehmen, aber es ging. Denn was ist eine Enttäuschung?

„Eine Enttäuschung ist das Ende einer Täuschung."

Und im Ernst, wer möchte sich gerne täuschen lassen,

Gedanken

oder eine Täuschung aufrecht erhalten. Ich jedenfalls nicht.
Klar, es tut weh, wir sind verzweifelt, fühlen uns einsam und allein. Und? Sollen wir mit einer Lüge leben, nur damit wir uns weiterhin für begehrenswert halten können? Welch eine Farce, welch eine Selbsttäuschung. Nein, ich habe abgeschlossen, abgeschlossen mit meiner Wut und meiner Wehmut.
Nun ist es gut, es ist viel ehrlicher und ich muss sagen: Mir geht es so besser. Denn eine Freundschaft kann viel überstehen, aber niemals kalten Eigennutz und egoistische Gleichgültigkeit.
Bekanntschaften kommen und gehen, eine Freundschaft geht nur einmal.

Aber ich möchte Euch nicht die top drei der Ausredenliste vorenthalten.

Nummer eins
Ich kann leider nicht zu Dir kommen, weil mein Freund mich besucht und er dann allein ist. (Männersitter ausgegangen, oder findet er vielleicht allein den Kühlschrank nicht? Nun aber all ihr Frauen, dieses Argument ist doch absolut nachvollziehbar, oder? Wie kann ich denn so egoistisch sein und das nicht verstehen, also wirklich. Welch ein Fauxpas meinerseits.

Nummer zwei
Ich bin gerade aus dem Urlaub zurück und wollte nun aber mal fragen, wie es Dir geht. (Mir war natürlich nicht bewusst, dass im Urlaub ein Telefonverbot galt. Wie unaufmerksam von mir.)

Nummer drei
Ich kann Dich nicht besuchen, weil ich einen Schnupfen habe. (Bis zu diesem Zeitpunkt wusste ich nicht, dass es so aggressive Viren gibt, die sogar durch ein Telefonat übertragbar sind.)

Bei diesen top drei handelt es sich nicht um Ausreden weitläufiger Bekanntschaften, sondern um jahrzehntealte Freundschaften, die mir nach einer fast fünfstündigen OP angeboten wurden. Soviel dazu.

Ich habe mich entschlossen,
es mit einem Lächeln
zu belächeln.

Der Eid des Hippokrates (oder Hippokratischer Eid), benannt nach dem griechischen Arzt Hippokrates von Kos (um 460 bis 370 v. Chr.), ist ein ursprünglich in griechischer Sprache verfasstes Arztgelöbnis und gilt als erste grundlegende Formulierung einer ärztlichen Ethik. Die Urheberschaft des Eides ist jedoch ungeklärt. Erstmals im 1. Jahrhundert unter dem lateinischen Titel iusiurandum bezeugt, wurde der Ärzteeid als Teil des Corpus Hippocraticum, einer Sammlung medizinischer Texte, als Ὅρκος (Horkos, „Eid") überliefert und Hippokrates zugewiesen.
Der Eid des Hippokrates wird in seiner klassischen Form heute nicht mehr von Ärzten geleistet und hat keine Rechtswirkung, hat aber gleichwohl immer noch Einfluss auf die Formulierung moderner Alternativen, etwa der Genfer Deklaration des Weltärztebundes. Er enthält mehrere Elemente, die auch heute noch Bestandteil ärztlicher Ethik sind (Gebot, Kranken nicht zu schaden, Schweigepflicht, Verbot sexueller Handlungen an Patienten etc.). Manche Teile entsprechen nicht mehr den heutigen Gegebenheiten (beispielsweise das Verbot, Blasensteine zu operieren, da Chirurgen damals ein eigener Berufsstand neben den Ärzten waren); diese werden oft entsprechend heutiger Gegebenheiten uminterpretiert (z. B. als Verbot, Behandlungen durchzuführen, für die der Arzt nicht das nötige Spezialwissen besitzt). Schwangerschaftsabbruch und aktive Sterbehilfe werden durch den Eid des Hippokrates ausdrücklich untersagt.
In Deutschland werden weder der Eid noch das Genfer Gelöbnis nach der Approbation verpflichtend geleistet.

Quelle: Wikipedia